L'Odyssée

FichesdeLecture.com

L'Odyssée
(Fiche de lecture)

I. INTRODUCTION

L'Odyssée est une œuvre attribuée à l'aède (poète épique de la Grèce antique) Homère. Il s'agit d'une épopée dont les évènements sont contés à travers XXIV Chants. Elle aurait été composée vers la fin du 8e siècle avant notre ère et fait suite à l'*Iliade*. Il s'agit plus précisément d'un immense poème narrant les aventures d'Ulysse lors de son long retour vers Ithaque après la guerre de Troie.

II. RÉSUMÉ DE L'ŒUVRE

La Guerre de Troie est achevée depuis dix ans, et le héros Grec Ulysse n'est toujours pas retourné dans son royaume d'Ithaque. De nombreux prétendants très agités courtisent sa femme Pénélope, après avoir envahi son palais et pillé son pays. Mais cette dernière reste fidèle à Ulysse. Le prince Télémaque, fils d'Ulysse, voudrait désespérément les mettre dehors, mais il n'a ni la confiance ni l'expérience nécessaires pour les combattre. L'un des prétendants, Antinoos, cherche à assassiner le jeune prince, éliminer l'unique opposition et prendre le contrôle du Palais.

Les prétendants ignorent qu'Ulysse est toujours vivant. La belle nymphe Calypso, qui se consume d'amour pour lui, le retient sur son île. Ulysse aspire à retrouver son épouse et son fils, mais il n'a ni bateau ni équipage pour l'aider à s'échapper. Pendant que les Dieux et les Déesses de l'Olympe discutent de l'avenir d'Ulysse, Athéna, la plus fervente défenseuse de celui-ci parmi les Dieux, est résolue à aider Télémaque. Déguisée en ami du grand-père du Prince, Laërte, elle le convainc de convoquer les Achéens lors d'une assemblée pendant laquelle il s'attaque aux prétendants. Athéna le prépare aussi à un long voyage vers Pylos et Sparte, où les compagnons de guerre d'Ulysse, les rois Nestor et Ménélas, l'informent qu'il est encore vivant et piégé sur l'île de Calypso. Télémaque organise le retour vers leurs terres pendant que, à Ithaque, Antinoos et les autres prétendants préparent une embuscade pour le tuer lorsqu'il accostera.

Sur le mont Olympe, pendant ce temps, Zeus envoie Hermès sauver Ulysse des mains de Calypso. Hermès la persuade de le laisser construire un radeau de fortune et partir. Le héros, en proie au mal du pays, prend la mer, mais lorsque Poséidon, Dieu des océans, le repère naviguant vers Ithaque, il lui envoie une tempête pour faire échouer son navire. Poséidon en effet est un ennemi d'Ulysse. Il traîne contre lui une rancune amère depuis que celui-ci a aveuglé son fils le cyclope Polyphème, plus tôt dans ses voyages. Athéna intervient à temps pour sauver Ulysse de la colère de Poséidon, et le roi pris au piège accoste sur la terre des Phéaciens. Nausicaa, la princesse Phéacienne, lui fait visiter le palais royal, et Ulysse reçoit un accueil chaleureux de la part du Roi et de la Reine. Lorsqu'il se présente comme Ulysse, ses hôtes, qui ont entendu parler de ses exploits lors de la guerre de Troie, sont éblouis. Ils lui promettent de lui frayer une route sûre vers Ithaque, mais le supplient d'abord de leur raconter le récit de ses aventures.

Ulysse passe la nuit à décrire le fabuleux enchaînement des évènements qui l'ont mené jusqu'à l'île de Calypso. Il raconte son voyage au pays des Lotophages, sa bataille avec Polyphème le Cyclope, sa relation amoureuse avec la magicienne Circé, l'attraction qu'ont exercé sur lui les Sirènes, son voyage aux Enfers pour consulter le prophète fantôme Tirésias et sa lutte avec le monstre marin Scylla. Lorsqu'il achève son histoire, les Phéaciens ramènent Ulysse à Ithaque, où il cherche la cabane de son fidèle porcher, Eumée. Bien qu'Athéna ait déguisé Ulysse en mendiant, Eumée le reçoit chaleureusement et le nourrit chez lui. Bientôt, il rencontre Télémaque, rentré de Pylos et Sparte malgré l'embuscade des prétendants malveillants. Ulysse lui révèle sa véritable identité. Père et fils préparent alors un plan pour massacrer les prétendants et reprendre le contrôle d'Ithaque.

Lorsqu'Ulysse arrive au palais le lendemain, toujours habillé en mendiant, il doit supporter les abus et les insultes de la part des prétendants. La seule personne qui le reconnait à cet instant est sa vieille nourrice, Euryclée, mais elle jure de ne pas divulguer le secret. Pénélope s'intéresse à cet étrange mendiant, le soupçonnant d'être son mari perdu depuis si longtemps. Très astucieuse elle-même, Pénélope organise un concours de tir à l'arc le jour suivant et promet d'épouser tout homme qui sera capable d'utiliser le grand arc d'Ulysse pour transpercer douze haches alignées, un exploit que seul Ulysse est capable d'accomplir. Le jour du concours, chaque prétendant essaie de tirer la corde de l'arc et échoue. Ulysse s'approche de l'arc et, sans trop d'effort, tire une flèche qui transperce les douze haches. Puis il tourne l'arc vers les prétendants. Aidés de Télémaque et de quelques serviteurs fidèles, ils tuent tous les prétendants.

Ulysse révèle son identité à l'ensemble du palais et rejoint sa bien-aimée Pénélope. Il se rend à la périphérie d'Ithaque pour rendre visite à son père vieillissant, Laërte. Ils font l'objet d'une attaque menée par des membres de la famille des prétendants assassinés, mais Laërte, revigoré par le retour de son fils, parvient à tuer le père d'Antinoos et met un terme à l'assaut.

Zeus envoie alors Athéna pour rétablir la paix. Ayant retrouvé le pouvoir et réuni sa famille, le long calvaire d'Ulysse s'achève enfin.

III. ANALYSE DES PERSONNAGES PRINCIPAUX

Ulysse

Ulysse a les traits caractéristiques d'un héros d'Homère : force, courage, noblesse, une soif de gloire et une grande confiance dans son autorité. Son trait le plus distinctif, toutefois, est son brillant intellect. Sa rapidité d'esprit lui permet de se sortir de situations très difficiles, comme lorsqu'il parvient à s'échapper de la grotte du Cyclope dans le Chant IX, ou lorsqu'il cache le massacre des prétendants en demandant à son ménestrel de jouer un air nuptial dans le Chant XXIII. C'est également un orateur brillant, qui peut convaincre ou manipuler son public avec facilité. Lorsqu'il s'adresse à Nausicaa par exemple, son approche suave et rassurante gagne rapidement la confiance de la princesse.

Comme d'autres figures héroïques d'Homère, Ulysse aspire à remporter le *kleos* (la gloire obtenue par de grands exploits), mais il souhaite aussi parvenir au *nostos* (le retour chez soi). Bien qu'il apprécie la vie luxueuse qu'il mène avec Calypso, il en atteint vite les limites et veut rentrer chez lui, à Ithaque. De même, malgré l'accueil que lui réservent les Phéaciens, il pense constamment à sa patrie qui l'attend. Parfois cependant, sa quête de gloire se met en travers de sa route de retour. Il met à sac la terre des Cicones mais y perd des hommes et du temps. Ensuite, il attend trop longtemps dans la grotte de Polyphème, profitant du lait et du fromage qu'il y trouve, et s'y retrouve coincé lorsque le Cyclope revient.

Les héros homériques sont généralement statiques. Bien que souvent très complexes et réalistes, ils n'évoluent pas au cours de leurs aventures comme le feraient les personnages de romans modernes. Ulysse et Télémaque brisent cette règle. Plus tôt dans ses aventures, l'amour d'Ulysse pour la gloire le pousse à révéler son identité aux Cyclopes et attire la colère de Poséidon sur sa personne. Mais à la fin de l'épopée, il semble beaucoup plus désireux de tempérer sa fierté par la patience. Déguisé en mendiant, il ne réagit pas tout de suite aux abus dont il est victime par les prétendants. Au lieu de cela, il les endure jusqu'à ce que les pièges qu'il a tendus et que les personnes loyales dont il s'est entouré lui permettent de passer à l'action et riposter efficacement.

Télémaque

Encore enfant lorsque son père part pour la guerre de Troie, Télémaque est encore en train de grandir lorsque l'Odyssée commence. Il est entièrement dévoué à sa mère et au maintien de l'héritage de son père, mais il ne sait pas comment les protéger des malveillants prétendants. Et il est vrai qu'il lui a fallu quelques années pour se rendre compte de leurs intentions. Sa rencontre avec Athéna change la donne. En plus d'améliorer sa stature et son port, elle lui enseigne les responsabilités qui incombent à un jeune prince. Il devient rapidement beaucoup plus affirmé. Il se confronte alors aux prétendants et dénonce l'abus qui est fait de ses biens et, lorsque Pénélope et Euryclée sont anxieuses ou tracassées, il ne craint plus de prendre le contrôle.

Télémaque n'atteint jamais totalement le niveau des talents de son père, en tout cas pas d'ici la conclusion de l'Odyssée. Il a un cœur solide et un état d'esprit actif, parfois même un peu colérique, mais jamais il n'élabore de plans avec la même habileté ou la même éloquence qu'Ulysse. Dans le Chant XXII, il laisse par mégarde une salle d'armes ouverte, une erreur qui permet aux prétendants de s'armer par la suite. Et même si Ulysse commet parfois quelques erreurs de jugement au cours de l'épopée, il est difficile de l'imaginer commettre une telle faute d'étourderie.

Télémaque n'a pas non plus hérité (du moins pas encore, dans l'œuvre) de la force de son père. La scène de l'arc montre bien la limite de son développement physique. Il s'escrime à bander l'arc et y parvient presque, mais sa réussite s'arrête là. Cet épisode nous rappelle que, à la fin de l'Odyssée, Télémaque n'est pas encore à la hauteur des capacités de son père, mais qu'il est sur la bonne voie.

Pénélope

Bien qu'elle n'ait pas vu Ulysse depuis vingt ans, et malgré la pression des prétendants pour qu'elle se remarie, Pénélope ne perd jamais la foi dans son mari. Cette sollicitude, toutefois, la rend extrêmement fragile à certains moments. Pour cette raison, Ulysse, Télémaque et Athéna préfèrent la laisser dans l'ignorance de certains problèmes plutôt que de la bouleverser. Par exemple, la déesse doit la distraire afin qu'elle ne découvre pas l'identité d'Ulysse quand Euryclée est en train de le laver. Ou bien elle apparaît dans ses rêves pour la rassurer, autrement Pénélope passerait ses nuits à pleurer dans son lit.

Même si son amour pour Ulysse est indéfectible, elle répond aux prétendants avec indécision. Elle ne refuse jamais catégoriquement de se remarier, par exemple. Au lieu de cela, elle repousse la décision et les écarte par des promesses comme celle de choisir un nouveau mari dès que telle ou telle chose se produira. Ses tactiques de délai sont astucieuses et révèlent son côté malin et cachottier. Son idée de ne pas se remarier avant d'avoir achevé un linceul de funérailles qu'elle ne finira en fait jamais lui permet de gagner du temps et de l'occuper.

De même, certains observateurs pensent que sa décision d'épouser quiconque remportera le concours de tir à l'arc résulte de sa conscience du fait que seul son mari peut y parvenir. Certains vont même jusqu'à dire qu'elle le reconnait avant le chant XXIII.

Athéna

En tant que Déesse de la sagesse et de la guerre, Athéna a naturellement un faible pour le rusé et courageux Ulysse. Elle l'aide à de nombreuses reprises, y compris lors du naufrage de son bateau dans le Chant V et la bataille du Chant XXII. Elle ne se borne pas à assurer la sécurité de ses protégés de façon totalement spontanée ; ainsi, elle connaît Ulysse et ses talents, dont il a déjà fait la preuve à maintes reprises. Bien qu'elle le rassure lors de son combat contre les prétendants, elle ne s'implique pas complètement dans la bataille, préférant regarder Ulysse combattre et l'emporter de lui-même.

De même, elle aide souvent Télémaque, comme lorsqu'elle l'envoie à Pylos et Sparte pour se faire un nom. Cependant, elle a une claire préférence pour Ulysse. Athéna est confiante, a l'esprit pratique, l'intelligence, un don pour les déguisements et, par-dessus tout, c'est une grande guerrière. Elle retrouve ces qualités reflétées dans Télémaque. Son rôle en tant que déesse des arts féminins est donc effacé dans l'Odyssée : Pénélope travaille sur son métier sans relâche mais ne voit que rarement Athéna, ou dans ses rêves parfois.

Antinoos

Il est le plus arrogant des prétendants de Pénélope. C'est lui qui mène la campagne en vue de tuer Télémaque. Contrairement aux autres prétendants, il n'est jamais présenté sympathiquement et est le premier à mourir lorsqu'Ulysse revient à Ithaque.

Calypso

Dans la mythologie grecque, Calypso est une nymphe de la mer. Pour Homère, elle est fille d'Atlas. Son nom signifie « celle qui dissimule ». Elle est la reine de l'île mythique d'Ogygie, où elle mène une vie solitaire entourée d'autres nymphes. Ulysse y est recueilli après un naufrage et elle tombe amoureuse de lui. Elle parvient à le retenir pendant environ 7 ans, lui proposant même l'immortalité s'il consent à rester avec elle. Mais Zeus intervient en faveur du Héros. Ulysse peut donc repartir.

Circé

C'est une magicienne très puissante, spécialiste des empoisonnements et des métamorphoses. Elle aurait eu plusieurs enfants d'Ulysse. Elle est fille d'Hélios (le Soleil) et de Perséis, ainsi que sœur d'Æétès et de Pasiphaé.

IV. ANALYSE DES THÈMES

La ruse supérieure à la force

Si l'*Iliade* porte beaucoup sur la force, l'*Odyssée* se concentre plutôt sur la ruse et l'habileté, une différence de perspective qui apparaît dès les premières lignes de l'épopée. Alors que l'*Iliade* racontait l'histoire de la colère d'Achille, l'*Odyssée* porte plutôt sur un homme plein de ressources et de ruses. Ulysse a certes une force extraordinaire, comme on le voit lors de la compétition de tir à l'arc, mais il s'appuie beaucoup plus sur son esprit que sur son physique, une tendance que peuvent constater ceux qui le rencontrent. Il sait qu'il ne peut venir à bout de Polyphème, par exemple, et que même s'il était en mesure de le faire, il ne pourrait faire bouger le rocher de sa porte. Il élabore donc un plan prenant en compte son désavantage physique vis-à-vis du Cyclope et décide d'exploiter la stupidité de ce dernier. Et bien qu'il use de violence lorsqu'il s'attaque à son unique œil, l'usage de la force fait ici partie d'un plan plus large qui vise à tromper la brute.

De façon similaire, Ulysse sait qu'il ne peut venir immédiatement à bout de tous les prétendants qui occupent son palais. C'est pourquoi il décide d'utiliser son autre force : son esprit. Étape par étape, par des déguisements et la duplicité, il parvient à une situation dans laquelle lui seul est armé et où les prétendants sont enfermés dans une pièce avec lui. Dans cette configuration, même les talents de guerrier d'Achille n'auraient pas suffi à s'assurer une telle victoire. Cependant, l'œuvre insiste aussi sur le fait que la force seule n'est pas toujours suffisante. Ainsi, face aux Sirènes, Ulysse doit compter sur l'aide de son équipage pour l'attacher à son bateau. Sa rencontre d'Achille aux Enfers le rappelle : bien que celui-ci ait atteint *le kleos*, l'immense gloire dont il rêvait, sa vie a été courte et sa mort violente, tandis qu'Ulysse, par son esprit, est destiné à vivre une longue existence et mourir en paix.

Les pièges de la tentation

L'*Odyssée* raconte la manière dont Ulysse et ses hommes affrontent des obstacles étroitement liés aux faiblesses humaines et à leur incapacité ou non à les contrôler. La soumission à la tentation ou à l'insouciance met en colère les Dieux ou détourne Ulysse et les membres de son équipage de leur voyage. Ils cèdent à la faim chez les Lotophages, par exemple, ce qui les pousse à oublier leur foyer. Même l'appétit d'Ulysse pour le *kleos* est une terrible tentation en soi. Il s'y soumet lorsqu'il révèle son nom à Polyphème, attirant la colère de Poséidon sur lui et ses hommes. Lors de l'épisode des Sirènes, la tentation est si grande de les rejoindre qu'il doit être attaché au mât de son navire pour ne pas céder à leur chant. Homère est fasciné par la représentation de son protagoniste tourmenté par la tentation : en général, Ulysse et ses hommes souhaitent désespérément achever leur *Nostos*, leur retour, mais cette volonté est constamment mise à l'épreuve par les autres plaisirs offerts par le monde et les lieux qu'ils traversent.

L'importance de la narration dans l'*Odyssée*

La narration dans l'œuvre, en plus de présenter l'intrigue et les lieux au public, permet de situer l'épopée dans son contexte culturel. l'*Odyssée* paraît beaucoup tenir compte de l'œuvre qui la précède, l'*Iliade*. Les errances d'Ulysse n'auraient jamais eu lieu sans sa participation initiale à la guerre de Troie. L'ouvrage, de plus, aurait peu de sens sans l'arrière-plan et les références aux autres héros grecs.

Homère évoque en permanence l'histoire de l'Odyssée à travers les histoires racontées par ses personnages. Ainsi, Ménélas et Nestor racontent à Télémaque leurs périples depuis Troie ; Hélène ajoute des anecdotes sur les ruses d'Ulysse pendant la guerre ; Phémius et Démodocus chantent les exploits des héros grecs à Troie... Même aux Enfers, les voix des défunts continuent leurs récits. Agamemnon raconte son meurtre, par exemple.

Ces histoires, toutefois, ne servent pas qu'à fournir des anecdotes personnelles. Elles élèvent l'Odyssée en l'inscrivant dans un cadre épique très riche, celui de la mythologie grecque et des traditions narratives qui y sont liées.

Dans la même collection en numérique

Escadrille 80

Inconnu à cette adresse

La controverse de Valladolid

Les Vilains petits canards

Une partie de campagne

Cahier d'un retour au pays natal

Dora Bruder

L'Enfant et la rivière

Moderato Cantabile

Alice au pays des merveilles

Le faucon déniché

Une vie

Chronique des Indiens Guayaki

Je voudrais que quelqu'un m'attende quelque part

La nuit de Valognes

Œdipe

Disparition Programmée

Education européenne

L'auberge rouge

L'Illiade

Le voyage de Monsieur Perrichon

Lucrèce Borgia

Paul et Virginie

Ursule Mirouët

Discours sur les fondements de l'inégalité

L'adversaire

La petite Fadette

La prochaine fois

Le blé en herbe

Le Mystère de la Chambre Jaune

Les Hauts des Hurlevent

Les perses

Mondo et autres histoires

Vingt mille lieues sous les mers

99 francs

Arria Marcella

Chante Luna

Emile, ou de l'éducation

Histoires extraordinaires

L'homme invisible

La bibliothécaire

La cicatrice

La croix des pauvres

La fille du capitaine

Le Crime de l'Orient-Express

Le Faucon malté

Le hussard sur le toit

Le Livre dont vous êtes la victime

Les cinq écus de Bretagne

No pasarán, le jeu

Quand j'avais cinq ans je m'ai tué

Si tu veux être mon amie

Tristan et Iseult

Une bouteille dans la mer de Gaza

Cent ans de solitude

Contes à l'envers

Contes et nouvelles en vers

Dalva

Jean de Florette

L'homme qui voulait être heureux

L'île mystérieuse

La Dame aux camélias

La petite sirène

La planète des singes

La Religieuse

1984 A l'Ouest rien de nouveau

Aliocha

Andromaque

Au bonheur des dames

Bel ami

Bérénice

Caligula

Cannibale

Carmen

Chronique d'une mort annoncée

Contes des frères Grimm

Cyrano de Bergerac

Des souris et des hommes

Deux ans de vacances

Dom Juan

Electre

En attendant Godot

Enfance

Eugénie Grandet

Fahrenheit 451

Fin de partie

Frankenstein

Gargantua

Germinal

Hamlet

Horace

Huis Clos

Jacques le fataliste

Jane Eyre

Knock

L'homme qui rit

La Bête humaine

La Cantatrice Chauve

La chartreuse de Parme

La cousine Bette

La Curée

La Farce de Maitre Pathelin

La ferme des animaux

La guerre de Troie n'aura pas lieu

La leçon

La Machine Infernale

La métamorphose

La mort du roi Tsongor

La nuit des temps

La nuit du renard

La Parure

La peau de chagrin

La Petite Fille de Monsieur Linh

La Photo qui tue

La Plage d'Ostende

La princesse de Clèves

La promesse de l'aube

La Vénus d'Ille

La vie devant soi

L'alchimiste

L'Amant

L'Ami retrouvé

L'appel de la forêt

L'assassin habite au 21

L'assommoir

L'attentat

L'attrape-coeurs

Le Bal

Le Barbier de Séville

Le Bourgeois Gentilhomme

Le Capitaine Fracasse

Le chat noir

Le chien des Baskerville

Le Cid

Le Colonel Chabert

Le Comte de Monte-Cristo

Le dernier jour d'un condamné

Le diable au corps

Le Grand Meaulnes

Le Grand Troupeau

Le Horla

Le jeu de l'amour et du hasard

Le Joueur d'échecs

Le Lion

Le liseur

Le malade imaginaire

Le Mariage de Figaro

Le meilleur des mondes

Le Monde comme il va

Le Parfum

Le Passeur

Le Petit Prince

Le pianiste

Le Prince

Le Roman de la momie

Le Roman de Renart

Le Rouge et le Noir

Le Soleil des Scortas

Le Tartuffe

Le vieux qui lisait des romans d'amour

L'Ecole des Femmes

L'Ecume Des Jours

Les Bonnes

Les Caprices de Marianne

Les cerfs-volants de Kaboul

Les contes de la Bécasse

Les dix petits nègres

Les femmes savantes

Les fourberies de Scapin

Les Justes

Les Lettres Persanes

Les liaisons dangereuses

Les Métamorphoses

Les Mouches

Les Trois mousquetaires

L'étrange cas du Dr Jekyll et de Mr Hyde

L'Ile Au Trésor

L'île des esclaves

L'illusion comique

L'Ingénu

L'Odyssée

L'Ombre du vent

Lorenzaccio

Madame Bovary

Manon Lescaut

Micromégas

Mon ami Frédéric

Mon bel oranger

Nana

Ne tirez pas sur l'oiseau moqueur

Notre-Dame de Paris

Oliver twist

On ne badine pas avec l'amour

Oscar et la dame rose

Pantagruel

Le Misanthrope

Perceval ou le conte du Graal

Phèdre

Ravage

Roméo et Juliette

Ruy Blas

Sa Majesté des Mouches

Si c'est un homme

Stupeur et tremblements

Supplément au voyage de Bougainville

Tanguy

Thérèse Desqueyroux

Thérèse Raquin

Ubu Roi

Un Barrage contre le Pacifique

Un long dimanche de fiançailles

Un secret

Vendredi ou la vie sauvage

Vipère au poing

Voyage au bout de la nuit

Voyage au centre de la terre

Yvain ou le Chevalier au lion

Zadig

À propos de la collection

La série FichesdeLecture.com offre des contenus éducatifs aux étudiants et aux professeurs tels que : des résumés, des analyses littéraires, des questionnaires et des commentaires sur la littérature moderne et classique. Nos documents sont prévus comme des compléments à la lecture des oeuvres originales et aide les étudiants à comprendre la littérature.

Fondé en 2001, notre site FichesdeLectures.com s'est développé très rapidement et propose désormais plus de 2500 documents directement téléchargeables en ligne, devenant ainsi le premier site d'analyses littéraires en ligne de langue française.

FichesdeLecture est partenaire du Ministère de l'Education du Luxembourg depuis 2009.

Plus d'informations sur www.fichesdelecture.com

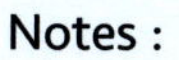